RATONCITOS CRUJIENTES
PASE
POR AQUÍ
PARA
ENTRAR
EN OTRA
HISTORIA DE
LOS GASKITT
BIENVENIDOS

www.loqueleo.com/es

Título original: THE WOMAN WHO WON THINGS
Publicado por el acuerdo con Walker Books Limited, London, SE 115HJ.

2020, Santillana Infantil y Juvenil, S. L.
Avenida de los Artesanos, 6. 28760 Tres Cantos (Madrid)
Teléfono: 91 744 90 60

ISBN: 978-84-9122-097-8
Depósito legal: M-37.520-2015
Printed in Spain - Impreso en España

Quinta edición: septiembre de 2020

Directora de la colección:
Maite Malagón
Editora ejecutiva:
Yolanda Caja
Dirección de arte:
José Crespo y Rosa Marín
Proyecto gráfico:
Marisol del Burgo, Rubén Chumillas, Julia Ortega,
Álvaro Recuenco y Laura Ruiz

Las materias primas utilizadas en la fabricación de este libro son reciclables y cumplen ampliamente con la normativa europea de sostenibilidad, economía circular y gestión energética.

La mamá que ganó muchos premios

Allan Ahlberg

Ilustraciones de Katharine McEwen

loqueleo

Esta es la familia Gaskitt

(y el amigo de Horacio)

Señora Gaskitt

Taxista y mamá cariñosa. Le gusta participar en concursos.

Señor Gaskitt

Un papá afectuoso y trabajador. Siempre acepta cualquier trabajo.

Gus y Gloria Gaskitt

Mellizos de-nueve-años-y-medio.

Horacio Gaskitt

Un gato blanco y anaranjado al que le gusta discutir con su amigo.

El amigo de Horacio

Un gato negro al que le gusta discutir con Horacio.

¡Sí! ¡No!

¡Que sí!

¡Que no!

¡Sí! ¡No!

Sí...

No...

El felpudo de los Gaskitt

Casi siempre acogedor...

A veces gruñón...

Y otras veces maleducado...

1

Comienza la suerte de la señora Gaskitt

Una mañana del mes de mayo la señora Gaskitt se levantó.

Bajó las escaleras y llenó el plato de Horacio con Ratoncitos Crujientes. A su amigo, que estaba de visita, también le ofreció.

La señora Gaskitt despertó a Gus y a Gloria, les preparó el desayuno y los mandó al colegio. Leyó el periódico, bebió una taza de té, recogió las cartas cuando estas entraban por el buzón de la puerta, abrió la puerta...

¡y le dio un beso al cartero!

¿Y qué pasa con el señor Gaskitt?

No pasa nada...

Él era el cartero, pues ese era su nuevo trabajo.

Mientras tanto, Gus y Gloria estaban en el recreo viendo —¡oh, no!— cómo su pobre profesora, la señorita Pestiño, se caía de la bicicleta a las puertas del colegio.

La señorita Pestiño se golpeó contra la acera con un tremendo estrépito, se hizo moretones y heridas feas en piernas y brazos, y tuvo que irse a casa.

En la cocina, la señora Gaskitt estaba abriendo las cartas. Había una factura del gas y otra del teléfono, y una postal de la abuela Gaskitt, que estaba de vacaciones en Italia.

Había una cita del veterinario para Horacio... y una carta más. La señora Gaskitt la abrió.

¡Felicidades, señora Gaskitt!, decía la carta. *Ha ganado el primer premio de nuestro emocionante concurso.*

—¡Vaya! —exclamó la señora Gaskitt—. Debe de ser mi día de suerte.

2

Una preguntita

Media hora más tarde, una furgoneta se detuvo delante de la casa de los Gaskitt. Traía el premio de la señora Gaskitt: CAJAS DE RATONCITOS CRUJIENTES PARA UN AÑO.

—Lo único que hice fue contestar a una preguntita —dijo la señora Gaskitt.

—Mira qué bien —exclamó el hombre de la furgoneta.

—Y escribir un eslogan.

—Hoy debe de ser su día de suerte —dijo el hombre de la furgoneta.

El premio de la señora Gaskitt llenó la cocina. El amigo de Horacio estaba impresionado. Y también el felpudo. Y Horacio. «Hoy debe de ser mi día de suerte», pensó.

RATONCITOS CRUJIENTES

Mientras, en la escuela, una maestra sustituta había llegado a la clase de Gus y Gloria.

Esta maestra era más bien bajita y bastante ancha. Tenía el pelo plateado, pendientes tintineantes, una gran sonrisa...

—¡Hola, amiguitos!

... Y una enorme maleta.

Con ruedas.

—Soy la señorita Mole —dijo.

Y abrió la maleta.

Entre tanto, en la cocina, Horacio y su amigo ronroneaban alto y no dejaban de mirar los montones y montones de Ratoncitos Crujientes. La noticia se había extendido, y los otros amigos de Horacio estaban mirándolos por la ventana.

—Seguro que este montón me va a durar... ¡un año! —exclamó Horacio.

—Pues claro —dijo su amigo—. Es el suministro para un año.

—Ah, sí, claro —exclamó Horacio.

—O la comida de medio año para dos gatos —soltó su amigo.

—Sí —dijo Horacio.

—O la comida de un mes para doce gatos.

—Sí.

—O la comida de un día para trescientos sesenta y cinco gatos.

—¡SÍÍÍ!

—O para una fiesta —maullaron los amigos de Horacio desde el exterior—. Con todos nosotros.

3

La maleta de la señorita Mole

La señorita Mole sacó de su maleta: una bola de lana y un trozo de calceta, una foto en un marco de plata, un jarrón con flores (de plástico), una guitarra pequeña, una sandwichera, un par de zapatillas rosas de peluche y una caja de bombones.

La clase estaba en silencio.

Los niños miraban con asombro a la señorita Mole, la calceta, la sandwichera y los bombones.

«Hoy debe de ser nuestro día de suerte», pensaron.

La señorita Mole colocó las flores y la foto en su mesa, y se puso las zapatillas. Abrió la caja de bombones y se zampó uno.

—Bueno, amiguitos, vamos a comenzar.

El día iba pasando en el aula de la señorita Mole y los niños estaban encantados. Dieron clases de cocina con la sandwichera, clases de tecnología para arreglar la sandwichera y clases de música con la guitarra.

La señorita Mole les leyó cuentos, les puso unas cuentas fáciles y compartió con ellos los bombones. Cuando se terminaron, abrió la maleta y sacó otra caja.

Al finalizar la jornada escolar, los niños pensaron que habían tenido mucha suerte. La señorita Mole era la mejor maestra que habían tenido. La mejor de la escuela, de la ciudad, del universo.

Sí, todo había ido fenomenal. Bueno, casi todo. El único problema era que, con tanta diversión, unas cuantas cosas... se habían perdido.

Billy Turpin había perdido las botas de fútbol. Tracey Apeldrop había perdido el estuche. Gloria Gaskitt había perdido la pulsera de la buena suerte.

Pero la señorita Mole había sido tan amable, tan buena, tan comprensiva...

Ella buscó por todos los rincones del aula, miró por arriba y por abajo..., pero sin suerte. Cuando sonó el timbre, las cosas perdidas todavía estaban perdidas.

4

La suerte de la señora Gaskitt continúa

Dos días más tarde, la señora Gaskitt se volvió a levantar. También se había levantado el día anterior, por supuesto; pero ese día no había ocurrido nada. Sí..., la señora Gaskitt se levantó, dio de comer a los niños, dio de comer a los gatos,

leyó el periódico, se tomó el té, oyó un sonido familiar en la calle (¡cling, cling!), abrió la puerta, recogió la leche... y le dio un beso al lechero. ¿Y qué pasa con el señor Gaskitt? No pasa nada... Él era el lechero. Este era su último trabajo.

Mientras tanto —¡oh, no!—, la pobre señorita Pestiño se había caído en la sala de espera del médico. El médico acababa de decirle que podía volver al trabajo. Pero ahora la señorita Pestiño tenía más moretones y heridas, y tenía que volver a la cama.

La señorita Mole, sin embargo, se encontraba bien y en plena forma. Jugaba al fútbol con los chicos y al voleibol con las chicas.

Durante el recreo, la señorita Mole bebía té en la sala de profesores con los demás maestros.

A estos la señorita Mole les encantaba. Les contaba historias divertidas sobre su extensa vida de maestra, repartía bombones y los ayudaba a buscar cosas...

... cuando se perdían.

En la casa de los Gaskitt, el teléfono sonaba. La señora Gaskitt estaba en el jardín, lavando el taxi. Entró corriendo y descolgó el auricular.

—¡Felicidades, señora Gaskitt! —dijo un hombre por el teléfono—. Ha ganado el primer premio en nuestro...

—¡Uao! —gritó la señora Gaskitt—. Otro día de buena suerte.

5

Un pequeño cupón

Dos horas más tarde, un camión («¡PÍÍ, PÍÍ, VOY MARCHA ATRÁS!») se detuvo delante de la casa de los Gaskitt.

Contenía el premio de la señora Gaskitt: ¡LOS MUEBLES DE TODA UNA CASA!

—Lo único que hice fue rellenar un pequeño cupón —dijo la señora Gaskitt.

—Vaya, vaya —exclamó el conductor.

—Y señalé los cuadros correctos.

«¡PÍÍ, QUÉ SUERTE!».

El premio de la señora Gaskitt llenó todas las habitaciones (y la cocina dos veces).

Horacio y su amigo se fueron sentando en todas las cosas. También estaban asombrados.

—Mi señora tiene mucha suerte —dijo

Horacio.

—¿Por qué será?

—Tal vez tenga una herradura de la buena suerte —dijo su amigo— o una patita de conejo... o un trébol de cuatro hojas.

—O un trébol de diez hojas —exclamó Horacio.

—Eso no existe —dijo su amigo.

—Sí que existe.

—No existe.

—Sí.

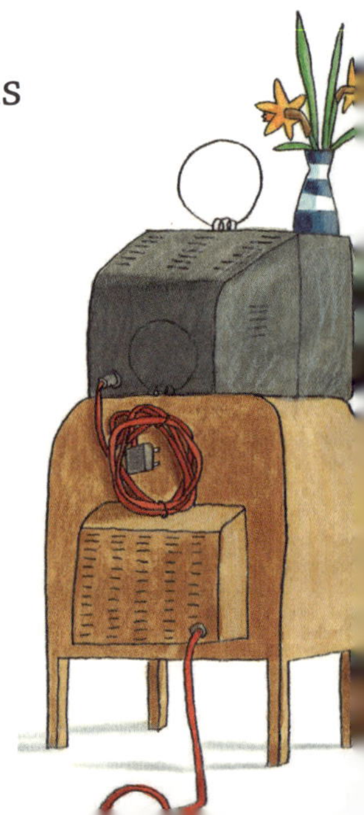

Sí que existe.

En el colegio era la hora de salir.

Algunos niños se habían puesto ya el abrigo, algunos estaban en fila junto a la puerta y algunos...

... estaban buscando cosas.

Gus y Gloria estaban dando de comer y de beber a Rodolfo, el ratoncito de la clase. Un trocito de zanahoria y un poco de agua limpia.

—Bien, amiguitos —dijo la señorita Mole—. Antes de que os vayáis, una cosa importante. Creo que podemos hacer una excursión...

—¡Bieeen!

—¡Fenomenal!

—¡Me encantan las excursiones!

—¿Adónde?

—¿Adónde vamos a ir, señorita?

—Ehh... A algún sitio bonito —respondió la señorita Mole—. Un viaje sorpresa.

—¡Guay!

—¡Un viaje sorpresa!

—¡Me encantan los viajes sorpresa!

—¡Yo fui a uno!

—¡Yo he estado en dos!

—Traed diez euros —dijo la señorita Mole—. Mañana, si puede ser.

—¡Claro que voy a traer diez euros, señorita!

—¡Yo voy a traer veinte!

—¡Pues yo cien!

Mientras todos los niños salían corriendo, la señorita Mole les dijo:

—Una última cosa: que sea en metálico, amiguitos.

Y a Billy Turpin le metió un bombón en la boca.

—No se admiten cheques.

6

¡Dos mil euros!

Al día siguiente la señora Gaskitt ganó: unas vacaciones para cuatro, una autocaravana, un peinado y una bolsa de Patatitas.

Ella contó a su familia y a sus amigos y a su gato lo que había ocurrido:

—Lo único que hice fue...

Por supuesto, Horacio estaba encantado y orgulloso de la señora Gaskitt. Pero también estaba desconcertado.

—Unas vacaciones para cuatro... ¿para qué sirven? Deberían ser unas vacaciones para cinco.

—O para seis —dijo su amigo.

—O para once —dijeron sus otros amigos desde la ventana.

Al mismo tiempo, la señorita Mole había recogido veintisiete billetes de diez euros de los alumnos y los había guardado en un lugar seguro. Sobre ruedas.

Los niños estaban entusiasmados con el viaje y también con la fiesta del cole que se celebraba al día siguiente.

El director, el señor Pillo, dio una charla a todo el colegio:

—Se van a montar puestos de libros, de pasteles, de rifas... Vamos a hacer juegos con aros, tiro al coco y un concurso de disfraces. Va a haber un concurso de mascotas (con premios), bailes, futbito para los papás y una carrera de cuchara con huevo para las mamás.

—Chicos, el año pasado..., ¡shhh! —exclamó el señor Pillo—, conseguimos 1.943,78 euros para el colegio.

—¡Yupi! —gritaron los niños.

—¡Shhh! —exclamó el señor Pillo.

—Pero mañana vamos a superar esa cifra. Vamos a conseguir..., ¡shhh!..., ¡dos mil euros!

—¡Yupi!

—¡Bieeen! —volvieron a gritar los niños.

FIESTA DE VERANO
Curso pasado = 1.943,78 €
Este curso =
2.000 €

La señorita Mole saltó justo en ese momento.

No se podía aguantar.

—¡Dos mil euros! —gritó, y llenó la sala con su gran sonrisa—. ¡Yo también quiero ayudar!

7

Asuntos raros

A la hora del almuerzo, la señora Gaskitt comía su bolsa de Patatitas mientras le hacían un peinado gratis. Qué suerte tenía la señora Gaskitt.

La pobre señorita Pestiño acababa de entrar en la farmacia para comprar un calmante y una venda.

Cuando volvía a su casa —¡oh, no!—, justo enfrente de una agencia de viajes, se cayó al suelo al tropezarse con una señora bajita y ancha, de exquisita educación...

—Lo siento muchísimo, querida.

... Y una enorme maleta.
Con ruedas.

La señora, sin embargo, se disculpó mucho y fue muy amable. Ayudó a la señorita Pestiño a levantarse y le ofreció un bombón.

Esa misma tarde, más tarde, Gus y Billy Turpin estaban en la clase entrenando a Rodolfo.

Gloria y Tracey Apeldrop estaban pintando un cartel para el concurso de «Adivina cuánto pesa el pastel».

Entonces el teléfono sonó.

—¡Teléfono, señorita, teléfono!

—¿Quién nos llama?

—¿Dónde está?

Vaya, parecía mentira, pero el teléfono sonaba dentro de la maleta de la señorita Mole.

—¡Es una melodía, señorita!

—Claro que sí, amiguito —dijo la señorita Mole, dándole una patada a la maleta.

—¡Yo sé qué melodía es, señorita!

—¡Y yo también!

—¡Es igualita que la del teléfono del señor Pillo!

—¡Síííí!

—¡Pero él lo ha perdido!

—Claro que sí, amiguito —dijo la señorita Mole mientras daba otra patada a la maleta—. Yo le ayudé a buscarlo.

Mientras, Gus y Gloria y otros niños cruzaban sus miradas. Aquí estaba pasando algo raro. ¿Por qué la señorita Mole no abría la maleta? Y ya puestos, ¿por qué ya nunca la abría (excepto aquella primera mañana)?

De repente, toda la clase se llenó de sospechas.

Algo olía mal, claro..., pero no era Rodolfo.

8

El guapo Horacio

Al día siguiente, que era sábado, la señora Gaskitt saltó de la cama, bajó las escaleras corriendo, llegó a la atestada cocina (dos mesas, ocho sillas, veinticinco cajas de Ratoncitos Crujientes),

RATONCITOS CRUJIENTES

dio de comer a los niños, dio de comer a Horacio, leyó el periódico, leyó el correo,

abrió la puerta trasera, dio un beso al lechero...

... y se puso colorada.
No era el lechero
que ella esperaba.

Mientras tanto, Gus y Gloria estaban cepillando a Horacio. Lo peinaron hasta que su pelo relució, le pusieron un nuevo lazo rosa en el cuello y le dijeron lo guapo que estaba. Horacio ronroneaba con orgullo. Ojalá su amigo pudiera verlo.

Un poco más tarde, la señora Gaskitt todavía corría (para ponerse las zapatillas de deporte, cocer un huevo), mientras Gus y Gloria la perseguían por toda la casa intentando llamar su atención.

—Es por esa maestra sustituta, mamá.

—Humm... —La señora Gaskitt estaba enfriando el huevo.

—La que lleva una maleta.

—Sí... —La señora Gaskitt se estaba poniendo las zapatillas.

—¡Pero nunca la abre!

—Ajá... —La señora Gaskitt estaba sacando una cuchara del cajón.

—Pues pensamos que...

La señora Gaskitt estaba saliendo por la puerta,

—... ella está...

hacia el sendero del jardín con el huevo y la cuchara.

—... tramando algo.

9

La señorita Mole echa una mano

Era una cálida tarde de mayo.

La fiesta del cole estaba en pleno apogeo.

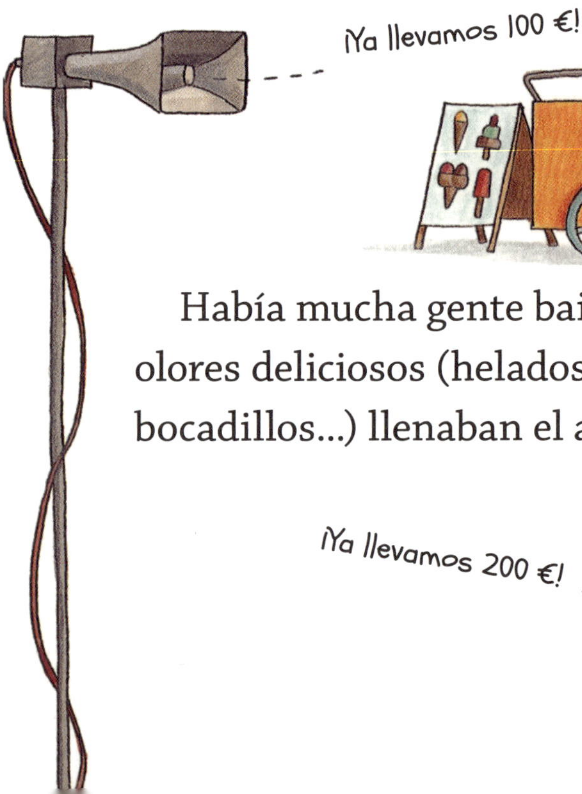

Había mucha gente bailando y muchos olores deliciosos (helados, caramelos, bocadillos...) llenaban el aire.

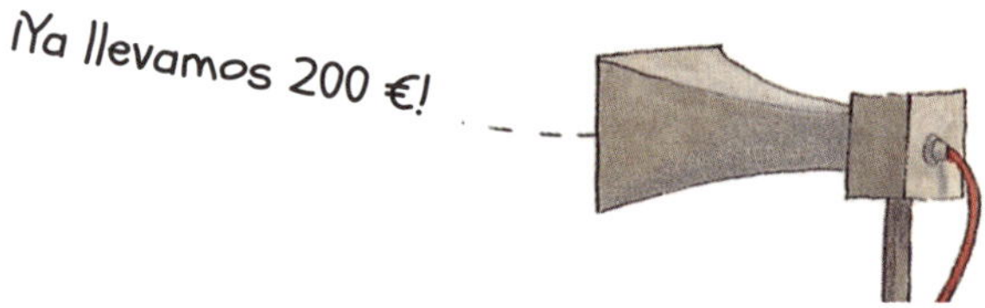

Las mamás y los papás estaban trabajando duro. Los pequeños corrían vestidos con disfraces.

Horacio, con su precioso lazo, estaba posando con otros animales en el concurso de mascotas.

Y el dinero...

... entraba a raudales.

La señora Gaskitt no paraba de ganar cosas. Adivinó el peso del pastel...

—Lo único que he hecho...

... y el número de caramelos de un jarrón.

Ganó un oso de peluche, una botella de vino, tres pececitos de colores, cinco quilos de semilla de césped y un cortacésped.

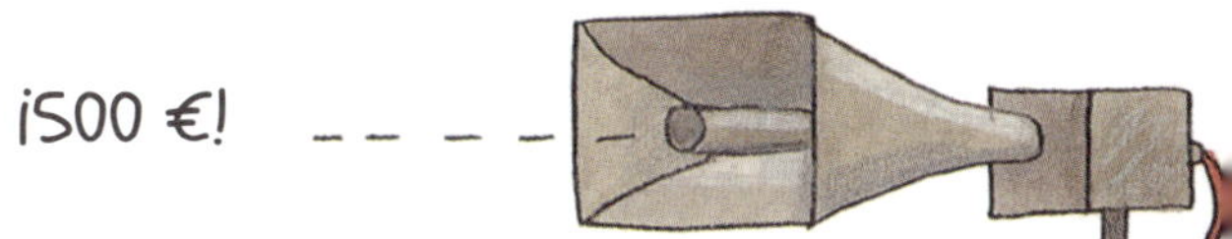

Y Horacio lo vio... casi todo. Ronroneaba con orgullo.

—La conozco —le dijo a una cobaya.

—Pues vale. —La cobaya no estaba interesada en la señora Gaskitt.

Le preocupaban otras cosas.

—¿No parezco tonta con este lazo?

—No —dijo Horacio—. Creo que no.

La cobaya frunció el ceño.

—Hum..., seguro que sí.

Pero ¿qué (seguro que quieres saberlo) pasaba con la señorita Mole?

Bien, pues la señorita Mole estaba de aquí para allá. Ayudó con la comida.

Ayudó con los disfraces.

Ayudó con el tiro al coco.

Los niños (Gus y Gloria, Tracey, Billy y el resto) siguieron a la señorita Mole y la observaron como águilas. Pero había tanta gente, tanto ruido, y los deliciosos olores eran tan... deliciosos, que los niños no siempre pudieron ver lo que estaba haciendo.

Mientras tanto, el señor Pillo...

cada vez estaba más contento,

y más contento,

¡contentísimo!

La nueva amiga de Horacio también parecía más contenta. Acababa de ganar un premio.

—Entonces, ¿cómo te llamas? —preguntó.

—Horacio —respondió Horacio.

—Vaya, yo me llamo Manuela.

—Otros se llaman Boris.

—Y otras Doris.

—O... Poris —dijo Horacio.

—¿Poris? Ese nombre no existe.

—Sí que existe —dijo Horacio.

—No, no existe.

En ese momento,

la señora Gaskitt y el resto de las mamás se ponían en fila...

... para la carrera de la cuchara y el huevo.

El señor Pillo saltó a una silla.

—¡Lo hemos (¡shhh!) conseguido! —gritó—. ¡Un total de dos mil euros!

—¡Bien! ¡Viva!

Toda la gente gritaba y gritaba mientras daba comienzo la carrera de la cuchara y el huevo.

Era una carrera emocionante. A la señora Turpin, que iba la primera, se le cayó el huevo. Entonces ocupó su puesto la señora Apeldrop, a la que también se le cayó el huevo. Entonces la primera pasó a ser la señora Gaskitt.

Todos los ojos (excepto dos) estaban puestos en la carrera.

Los niños miraban (y gritaban).

Horacio miraba (y ronroneaba con orgullo).

Incluso el señor Pillo observaba todo subido en la silla.

De repente, el señor Pillo miró a la mesa y dejó de estar contento.

La hucha, los dos mil euros e, incluso, el lápiz favorito del señor Pillo (que su querida madre le había regalado) habían desaparecido.

10

¡Ups!

Entonces se produjo un gran alboroto en la fiesta del cole. Todo el mundo gritaba y se movía. Bueno, casi todo el mundo.

Mientras tanto, la carrera de la cuchara y el huevo seguía adelante. La señora Gaskitt había tomado velocidad y afortunadamente el huevo se mantenía en la cuchara. Corrió como el viento, rompió la cinta del final, ganó la carrera y...

... ¡oh, no!, chocó con una señora bajita y ancha, con el pelo plateado, una gran sonrisa, una maleta (con ruedas), y la tiró al suelo.

La maleta también
se cayó, y dio vueltas
y se chocó, y volvió a dar
una vuelta y se abrió del todo.
La gente se quedó pasmada.

Y todo lo que la señorita Mole, sentada en el suelo, con un huevo en el regazo, pudo decir fue...

Más tarde, cuando la policía llegó, la señorita Mole pudo decir algo más.

—No sé lo que me ha pasado, amiguitos.

Sonrió al señor Pillo.

—Nunca había hecho algo parecido.

—Sí que lo había hecho —dijo el inspector—. Muchas veces.

—Es una persona muy lista —explicó el inspector.

—Gracias, amiguito.

—Ha robado en más colegios que canas tiene en la cabeza. La hemos estado buscando durante mucho tiempo.

El inspector dio la mano al señor Pillo y felicitó a la señora Gaskitt por su afortunado golpe.

—Durante un buen tiempo la señorita Mole (también conocida como señorita Melón y señorita Manzana) dejará sus diversiones. Eso creo yo.

Y subió al coche de policía.

11

Termina la suerte de la señora Gaskitt

Era una tarde templada de mayo.

La señora Gaskitt regresaba a casa con los niños, su gato y sus premios. Gus y Gloria le estaban contando cosas de la señorita Mole.

La señora Gaskitt estaba contando a Gus y a Gloria (y a Horacio) cómo había ganado el oso de peluche, la botella de vino y el resto de las cosas.

—Lo único que hice fue...

De repente, sin mirar por dónde iba, la señora Gaskitt pasó por debajo de la escalera de un limpiacristales.

¡Oh, no! ¡Qué mala suerte!

Del cubo del limpiacristales cayó un montón de agua que la dejó empapada hasta los huesos.

Y eso no fue todo.
Porque entonces, parece mentira,
el mismísimo limpiacristales
bajó las escaleras,
ayudó a la señora Gaskitt
a ponerse en pie...
¡y le dio
un beso!

¿Y qué pasa con el señor Gaskitt?

Vaya, seguro que lo has adivinado, ¿no? Sí, ese era su último trabajo.

Mientras tanto, Horacio estaba pensando... en la suerte.

—Hum. Una patita de conejo, no. Una herradura, no. Un trébol de cuatro hojas, tampoco. Un gato negro... Eso sí que da buena suerte.

Era una cálida noche del mes de mayo. Los Gaskitt estaban dormidos en las habitaciones repletas de cosas.

Los pececitos de colores se acostumbraban a su nueva casa. El garaje estaba lleno de semillas de césped.

Horacio y su amigo estaban en el piso de abajo jugando a las cartas.

—¡Ya lo tengo! ¡Eres tú! —exclamó Horacio.

—¿El qué? —dijo su amigo—. ¡Pareja! Y gano.

—Eso es... ¡Tú siempre ganas! —exclamó Horacio—. Eres el gato negro de la suerte.

—No, no lo soy... ¡Pareja! —soltó su amigo.